DISCOURS

PRONONCÉ AU COLLEGE ROYAL DE FRANCE,

A L'OUVERTURE

DU

COURS DE LANGUE ET DE LITTÉRATURE

SANSKRITE.

DISCOURS

PRONONCÉ AU COLLÉGE ROYAL DE FRANCE,

A L'OUVERTURE

DU

COURS DE LANGUE ET DE LITTÉRATURE
SANSKRITE,

PAR M. A.-L. CHÉZY,

LECTEUR ET PROFESSEUR ROYAL, CHEVALIER DE LA LÉGION D'HONNEUR, etc., etc.

Le Lundi 16 Janvier 1815.

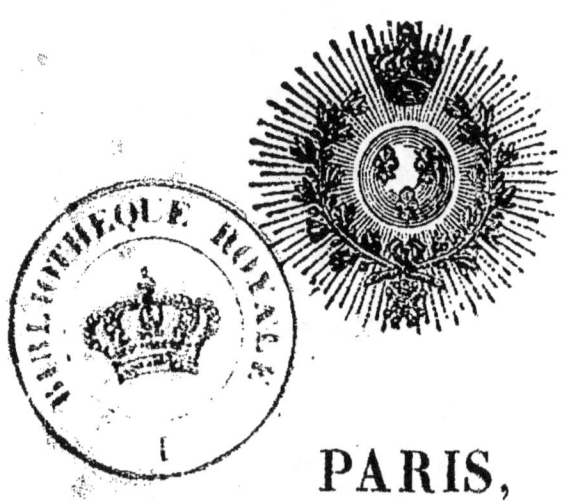

PARIS,

J.-M. EBERHART, IMPRIM. DU COLLÉGE ROYAL DE FRANCE,

rue du Foin Saint-Jacques, n° 12.

1815.

DISCOURS

Sur les avantages, la beauté, la richesse de la Langue SANSKRITE, et sur l'utilité et les agrémens que l'on peut retirer de son étude.

MESSIEURS,

DEPUIS longtemps le vœu d'un grand nombre de savans françois des plus recommandables, à la tête desquels, je crois devoir placer le vénérable Anquetil Duperron, et le celèbre Silvestre de Sacy, la gloire et l'honneur des lettres orientales, étoit que quelque littérateur de notre nation se livrât à l'étude du Sanskrit; cette souche antique d'où, comme autant de jeunes rameaux, sont émanés tous les dialectes usités dans l'Inde. — Mais, soit insouciance, soit manque de courage, aucun François n'avoit encore répondu à cet appel de la science. Plus porté par goût à ce genre d'études, ou doué peut-être de plus de patience, j'entrepris de soulever le voile qui déroboit à nos regards ce sanctuaire mystérieux. A mesure que j'en déroulois un pli, que je voyois luire à mes yeux quelque trait de lumière, ma curiosité prenoit de nouvelles forces, et, semblable aux initiés qui ne parvenoient à approcher du Dieu, qu'après avoir été soumis aux plus rudes épreuves, j'eus le bonheur, après mille fatigues, de pénétrer dans le Temple auguste où sont consignées les connoissances d'un des peuples les plus anciennement civilisés du monde. Quel plaisir n'éprouvai-je pas lorsque je me sentis en état de déchiffrer ces antiques feuilles de palmier, long-temps aussi inintelligibles pour moi, que l'étoient autrefois les feuilles de la Sybille, et de reconnoître, empreintes sur cette frêle matière, les plus hautes pensées de la philosophie; ce type du beau aussi ancien que le monde et qui doit durer autant que lui!

Cependant ce n'etoit pas pour satisfaire ma seule curiosité, que j'avois pris tant de peines : le désir de me rendre un jour utile à mes compatriotes, et de leur faciliter les moyens de parcourir cette nouvelle carrière, voila le puissant motif par lequel étoit soutenu mon courage, qui, je l'avoue, sans cette pensée m'eût plus d'une fois abandonné. Mais comment pouvois-je espérer de parvenir à ce but honorable? Il n'y a que peu de mois encore, ce projet ne s'offroit à mon esprit que comme une vaine chimère; quand le retour de notre Monarque chéri, vint tout-à-coup me faire croire à sa réalité.

1 *

Plein de confiance en la faveur d'un Souverain qui de tout temps a fait des lettres ses plus chères délices, et espérant en l'appui d'un ministre dont les soins les plus assidus tendent sans cesse à augmenter le domaine de la science et de la littérature, j'osai réclamer sa haute protection pour faire parvenir ma demande au pied du trône. Le Roi, non seulement a daigné l'exaucer, mais, en choisissant le Collége de France pour y établir une chaire de langue et de littérature Sanskrite, et en m'associant par là à de si illustres collégues, cet auguste Souverain m'a tout d'un coup élevé à un honneur auquel j'étois loin de prétendre, et dont le zèle que je mettrai à remplir les intentions bienveillantes de Sa Majesté, pourra seul me rendre digne.

Nous allons donc, Messieurs, professer pour la première fois en France, une langue dont les seuls Anglois ont pu jusqu'à ce jour se vanter de posséder la

clef; langue célèbre qui, selon la re-
marque d'un de nos plus profonds écri-
vains, n'est peut-être que cette langue
des Dieux dont parle Homère : au moins
est-elle digne d'un pareil honneur, tant
par sa richesse que par son élégance et
son harmonie. On diroit en effet que *Sâ-
raswatî* (la déesse de l'éloquence) s'est
plue à en disposer et à en mesurer elle-
même tous les sons, tant ils flattent déli-
cieusement l'oreille. Et ne croyez pas,
Messieurs, que j'employe ici l'hyper-
bole; car il est certain qu'il n'existe pas
sur la terre une langue où, pour éviter
toute espèce d'hiatus, et de sons durs et
discordants par la rencontre des voyelles
ou de certaines consonnes entre elles,
on ait imaginé un systême orthogra-
phique plus délicat et plus recherché.
Mais ce n'est pas par cette qualité seule,
que cette belle langue se recommandera
à vous; un autre attrait, bien plus puissant
encore, ne tardera pas à éveiller toute
votre curiosité, et vous rendra bien

moins sensible l'aridité inséparable de l'étude des langues en général. Je veux parler des rapports frappants que, dès les premiers temps, vous aurez occasion de remarquer entre cet antique idiôme et les langues grecque et latine, et cela non-seulement dans des mots isolés, mais dans leur structure la plus intime ; de cet esprit d'analogie qui semble avoir présidé à sa formation, en sorte que, d'après la connoissance d'une seule racine, on se trouve en état de former un nombre prodigieux de mots dérivés, qui, offrant à l'esprit une image, s'y gravent sans effort et d'une manière ineffaçable.

Tels sont, s'il m'est permis de m'exprimer ainsi, les points de repos qui s'offriront à nous dans notre marche pénible : mais n'en eussions-nous aucuns, et dussions-nous traverser d'abord un désert entièrement aride, la perspective de l'*Oasis* enchanteur qui nous attendroit au milieu de cette mer de sables,

ne devroit-elle pas suffire pour soutenir notre courage ? ou , pour parler sans
figure , quelles peines pourroient entrer
en balance avec les jouissances sans
nombre que va se créer notre esprit par
l'acquisition d'une littérature toute nouvelle, et tellement abondante, que nous
n'éprouverons plus d'autre embarras que
celui du choix ?

Philosophie , métaphysique , grammaire , théologie , astronomie , mathématiques , jurisprudence , morale , poésie ; des traités de toutes ces sciences
cultivées chez les Indiens dans un temps
où l'Europe entière étoit plongée dans
les plus profondes ténèbres de l'igno-
rance , vont s'offrir en foule à vos regards avides , faire naître de votre part
les recherches les plus savantes : et
qui sait s'il n'est pas donné à quelqu'un
de vous, Messieurs, d'y apporter cet
esprit subtil et observateur, qui par des
rapprochements ingénieux , peut je-
ter le plus grand jour sur l'histoire de

l'homme, et nous retracer l'origine de nos connoissances.

Le philosophe, avide d'étudier la croyance et les dogmes religieux des différents peuples, trouvera dans les *Védas* un vaste champ ouvert à ses recherches. Parmi tous les monuments qui nous restent de l'ancienne littérature indienne, ces livres sacrés sont, sans contredit, l'ouvrage qui doit le plus puissamment exciter notre curiosité, tant à cause de sa haute antiquité, que par la matière qui y est traitée, et qui étant approfondie, peut nous donner les renseignements les plus précieux non-seulement sur la théogonie Indienne, mais peut-être sur les usages religieux des Egyptiens, des Grecs et même de quelques peuples modernes.

Les Indiens croient que le Véda original a été révélé par Brahmâ lui-même, et s'est long-temps conservé par la simple tradition, jusqu'à ce qu'un sage le divisa en quatre parties, telles qu'elles

existent maintenant, savoir : le *Ritch*,
l'*Yadjouch*, le *Sâman* et l'*Atharvana*;
d'où ce sage obtint le nom de *Vyâsa* ou
Véda-Vyâsa, c'est-à-dire distributeur
ou ordonateur du Véda. C'est à ce même
personnage que les Indiens attribuent
leurs plus anciennes compositions, telles
que leurs *Pourânas* et le *Mahâbhârata*,
célèbre poème épique, où sont décrites
les guerres des Kourous et des Pandous,
deux branches de la famille de Bharata,
l'un des plus anciens rois de l'Inde, et
qui donna son nom à cette contrée.
Mais l'étendue de ces ouvrages et les
différences sensibles que l'on y re-
marque dans le style, prouvent assez
qu'ils ne peuvent être sortis de la même
plume ; et les Indiens, selon toute appa-
rence, se seront plu à attribuer à Vyâsa
les compositions de différents Sages dont
les noms se perdent dans l'antiquité, et
en auront fait, s'il est permis de s'exprimer ainsi, leur *Hercule littéraire*.

Déjà, Messieurs, vous avez pu prendre

une idée de ces livres mystérieux, soit dans un savant mémoire de M. Colebrooke, inséré dans le septième volume des *Asiatic Researches* , où ce célèbre indianiste en donne l'analyse la plus satisfaisante, soit dans l'*Oupnékhat* d'Anquetil , précieuse et dernière offrande , que, d'une main mourante, ce respectable académicien a déposée sur les autels de la science; ou mieux encore dans l'excellente analyse faite de cette ouvrage par un de ses illustres confrères, qui jouit maintenant d'une des places les plus honorables dans l'Etat., et dont le talent n'est effacé que par la noblesse de son caractère.

De nombreux ouvrages de philosophie , entre autres le *Nyaya,* le *Mëïmansa,* le *Vedanta* qui en est une branche , le *Sankhya-Sâstra* , offriront au méthaphysicien l'occasion de les comparer avec les systêmes enseignés autrefois dans les écoles de la Grèce et de l'Italie ; et les rapports qu'il trouvera entre leur doctrine et celle du péripatétisme, de l'école de Platon et de la secte italique, achevera de le convaincre des anciennes relations qui ont dû nécessairement exister entre des peuples qui présentent dans leurs idées une telle coïncidence.

Passons-nous aux ouvrages de grammaire ? nos plus habiles philologues ne liront pas sans le plus vif intérêt les célèbres *Soûtras* ou Aphorismes de Pànìni, le *Siddhânta-Kaoumoudî*, le *Sâraswatî-prakriyâ*, le *Mougdha-bodha;* et autres traités où la théorie du langage est analysée avec autant de logique que de finesse : et, peut-être, trouveront-ils à y puiser quelques idées nouvelles sur cette matière si intéressante, qui tient à l'organisation de l'homme et à cet esprit d'analogie qui lui est si naturel.

Mais quel trésor inépuisable que ces volumineux et antiques *Pourânas,* ces vénérables dépôts où sous le voile de l'allégorie et de la fable, une grande partie de l'histoire ancienne de l'Inde demeure ensevelie. Déjà la partie purement mythologique qu'ils renferment, commence à se débrouiller. M. Moor, en recueillant et classant dans son bel ouvrage intitulé : *Hindu - Pantheon* [Panthéon Indien], les divinités principales, avec leurs divers attributs, a fait un travail éminemment utile et très-propre à faciliter l'intelligence des poètes. Sir W. Jones, dans un mémoire inséré dans le deuxième vol. des *Asiat. Resear.*, a fait un rapprochement très-ingénieux entre certaines divinités indiennes, et quelques divinités grecques et latines; mais, sur l'histoire et la géographie ancienne de l'Inde, il n'a encore paru que des essais peu satisfaisants. Cependant, à mesure que la connaissance de la langue Sanskrite nous deviendra plus familière, il n'est pas douteux que nos lumières ne s'étendent aussi de ce côté; et souvent une seule découverte, une heureuse inspiration suffisent pour faire faire à l'esprit humain les plus grands pas.

Quant à l'astronomie et aux mathématiques , les amateurs des sciences exactes ont pu prendre , dans le mémoire de M. Davis sur le *Soûrya-siddhânta* , une idée fort avantageuse de l'état florissant de ces sciences chez les Indiens, à une époque où les peuples de l'Europe s'abandonnoient à toutes les chimères de l'astrologie ; et ils n'auront pas vu sans la plus grande admiration, dans la *Bidja-Ganita,* traité d'algèbre , composé en Sanskrit , que plusieurs propositions étoient déjà enseignées dans les écoles de Bénarès , long-temps avant que ces mêmes propositions aient été successivement inventées en Europe par Fermat, Euler et Lagrange.

Citer le code des lois de Menou, traité dont , par des raisonnements assez spécieux , sir W. Jones fait remonter la composition à l'an 1280 avant l'ère chrétienne , c'en est assez pour exciter vivement la curiosité du jurisconsulte, et l'engager à méditer sur un des ouvrages les plus propres à nous convaincre de l'antiquité du peuple pour lequel il a été fait, par le tableau qu'il nous présente tout à la fois, et de sa haute civilisation et de sa profonde corruption à une époque déjà si éloignée de nous.

L'Hitopadésa ne sera pas d'un moindre prix aux yeux du moraliste, en lui offrant l'original inestimable du plus ancien recueil d'apologues qui existe; livre infiniment curieux, qui, plus généralement connu sous le titre erroné de *Fables de Pilpay*, a été traduit nonseulement dans tous les idiômes de l'Asie, mais dans presque toutes les langues de l'Europe.

Et ne croyez pas, Messieurs, que cette belle littérature n'ait de trésors que pour la science et la sévère raison. Non : la vive imagination y a aussi une part abondante ; et, chez aucun peuple du monde, la brillante Poésie ne s'est montrée sous des dehors plus magnifiques, accompagnée d'un cortège plus gracieux et plus séduisant.

Depuis la superbe Epopée jusqu'à l'Idylle timide, les productions les plus variées du génie se présenteront en foule à vos regards enchantés, et vous feront éprouver tour à tour tous les genres d'émotions dont l'àme est susceptible.

C'est surtout dans la poésie épique, que la langue Sanskrite semble ravir la palme à toutes les autres ; et parmi les poètes indiens, le grand Vàlmîki, dans son *Râmâyana*, paraît avoir le mieux connu l'art d'en faire ressortir toutes les beautés.Sous son magique pinceau, nous la voyons se prêter sans efforts à tous les tons , à toutes les couleurs. S'agit-il de décrire des scènes douces et at-tendrissantes ? Cette belle langue, aussi sonore que féconde, lui fournit alors les expressions les plus harmonieuses; et, semblable à un fleuve tranquille qui serpente mollement sur la mousse et les fleurs, elle entraîne sans sécousse notre imagination ravie, et la transporte doucement dans un monde enchanté ; mais dans les sujets qui exigent de l'énergie et de la force, dans les descriptions de combats, par exemple, son style devient aussi rapide, aussi animé que l'action elle-même. Les chars roulent et bondissent, les éléphants furieux heurtent avec fracas leurs énormes défenses, les chevaux hénissans frappent du pied la terre retentissante, les massues s'entrechoquent, les dards sifflent et se brisent, la mort vole de toutes parts.... On ne lit plus, on est transporté au milieu de la plus horrible mêlée.

Dans un épisode de ce poème (*la mort d'Yadjnadatta*), que nous avons récemment publié, vous avez pu, Messieurs, si ce petit essai vous est tombé entre les mains, prendre une idée de la manière de ce poète habile, dans le genre tendre et pathétique ; et peut-être vous sera-t-il agréable aujourd'hui de connoître également son style dans le genre noble et élevé. Le morceau suivant, extrait du même poème, et qui renferme la description d'un combat entre Lakchmana, le jeune frère de Râma, et le géant Atikâya, frère du farouche Râvana, pourra, si ce n'est pas abuser de votre attention, remplir notre dessein.

———

—Râma, jeune prince rempli de valeur, bloque avec son innombrable armée la ville de Lankà [1], résidence royale de Râvana, le ravisseur de son épouse ; et, placé sur une éminence, il converse avec Vibhîchana, le propre frère du tyran de Lankà, qui, lassé de ses cruautés et de ses injustices, avoit depuis peu abandonné sa cour et s'étoit rendu dans le camp de Râma, dont il avoit embrassé

---

[1] Nom donné anciennement, tant à l'île de Ceylan qu'à sa ville Capitale.

2

le parti. A mesure que quelque chef ennemi, à la tête d'une troupe nombreuse, sort de la citadelle pour provoquer les siens au combat, Râma interroge le transfuge sur le nom, le rang et la valeur de l'adversaire qui se présente, et, d'après les renseignemens qu'il en reçoit, il désigne tel ou tel de ses généraux pour marcher à sa rencontre.

Laissons parler le poëte :

—Atikâya, ayant vu tomber tour à tour ses trois frères et ses oncles, tous égaux en force à Sakra, se livra à la plus affreuse colère.— « Mène-moi, dit-il au conducteur de son char, mène-moi sur-le-champ en présence de Râma. C'est avec lui seul que je veux me mesurer. Que je l'abatte, que j'arrache cette funeste racine, et à l'instant Lakchmana, Sougrîva, Angada et ces gueriers innombrables qui n'en sont que le tronc et les branches, seront anéantis du même coup! »

— Aussitôt le char roule avec un bruit semblable à celui du tonnerre, et Atikâya, le front couronné d'un superbe diadème et la main armée d'un arc immense dont il ébranle avec force le nerf retentissant, s'élève majestueux comme Vichnou, lorsqu'en trois pas il mesura le monde. La terre tremble, les forêts s'agitent, les tigres, les lions rugissent det erreur, et l'armée ennemie, ne pouvant soutenir le feu de son regard, se disperse de toutes parts, et lui livre le passage. Râma, le voyant fondre de son côté, adresse ainsi la parole à Vibhîchana, qui se tenoit près de lui : — « Quel est, ô Vibhîchana, ce redoutable archer d'une stature gigantesque ? Son char hérissé de flèches, de lances, d'épées, de massues étincelantes, s'avance avec rapidité. Environné de ces armes brillantes, son vaste corps offre l'aspect d'un nuage orageux d'où jailliroient à la fois mille éclairs. Quel est ce superbe Râkchassa qui répand

2 *

ainsi la terreur sur son passage, et se dirige fièrement vers moi?»

— « C'est, lui répond Vibhîchana, le valeureux Atikâya, celui des fils de Râvana dont la force approche le plus de celle de son père. Egalement habile à se servir de l'arc et de l'épée, à combattre, soit à cheval, soit monté sur un char, il s'est rendu célèbre jusque parmi les Dévas et les Dânavas.

Soumis autrefois aux plus grandes austérités, il s'attira la bienveillance de Brahmà, et c'est des mains de cette divinité puissante qu'il a obtenu ce char étincelant d'or, cette divine cuirasse et ces armes enchantées qui, plusieurs fois, ont été la terreur des Souras et des Asouras. Ses flèches sont plus rapides que la foudre, plus à craindre que les lacs redoutables du Dieu des eaux. »

— Cependant Atikâya ayant dispersé l'armée de Sougrîva, de même qu'un jeune lion par son approche met en fuite un troupeau de daims timides;

ce superbe géant, sans s'abaisser à pour-
suivre des ennemis qu'il juge indignes
de ses coups, marche droit sur Râma,
qu'il apostrophe en ces mots :

— « Ce n'est pas avec un ennemi vul-
gaire que je veux me mesurer : et s'il est
vrai, ô fils de Dasaratha, que tu réunis-
ses la force au courage, que tardes-tu à
me présenter le combat ? » Lakchmana,
irrité de cette insolente provocation,
se jette entre Râma et son agresseur,
et avec un sourire moqueur, il tend son
arc divin, prêt à placer sur la corde
une flèche acérée. — « Quoi ! Saoumi-
tri [1], lui dit le géant du ton de l'ironie,
un foible enfant tel que toi oser me défier
au combat !.... Crois-moi, retire-toi,
redoute la pointe brûlante de ces flèches, insupportable aux Immortels eux-
mêmes. Imprudent, tu veux réveil-
ler le feu assoupi de la destruction !..

[1] Surnom de Lakchmana, dérivé de *Soumitrâ*, nom
de sa mère.

Fuis, ou si tu persistes dans ce dessein insensé, prépare-toi à descendre au royaume d'Yama. Vois ces flèches aiguës tout étincelantes d'or; vois ce dard dont l'éclat rivalise avec les feux du soleil; il va te déchirer, il va boire ton sang comme un lion furieux déchire le petit de l'éléphant, et se désaltère dans ses veines. »

—« Ce n'est point en de vaines paroles, en une folle jactance, lui répond avec calme le fils de Soumitrà, que consiste la valeur. Laisse-là ce discours inutile et fais-toi plutôt connoître par tes actions. L'homme qui fait preuve de courage, tel est celui que nous reconnoissons pour un héros. L'arc ou le glaive, quelle que soit l'arme que tu choisisses, tu me vois prêt à accepter le combat. Déjà je brûle d'abattre cette tête altière, de la voir rouler à mes pieds comme le fruit du palmier parvenu à sa maturité tombe au souffle des vents. Qu'avec délices mes flèches

vont s'abreuver de ton sang!.... Les
dieux en trouvent moins à savourer
l'ambroisie. Je suis un enfant, dis-tu,
et comme tel tu me juges indigne du
combat! Va, garde-toi de me mépriser,
et vois plutôt en moi le Génie de la mort
prêt à fondre sur sa proie. »

— Ainsi les deux guerriers exaltent
mutuellement l'ardeur qui les anime,
et, des hautes régions de l'Ether, les
Dévas ont les yeux fixés sur eux, at-
tentifs à la grande lutte qui va avoir
lieu.

—Lakchmana ayant cessé de parler,
le géant, enflammé de colère, lui décoche
un trait rapide ; mais le fils de Soumitrâ
suit de l'œil le dard dans les airs, et
lui opposant ses flèches acérées, il le
brise en trois parties. Mille traits sont
ainsi lancés et détruits de part et d'autre;
mais enfin, plus heureux, Lakchmana
blesse au front son adversaire. La dou-
leur que celui-ci en ressent, loin de
l'abattre, ne fait que redoubler ses

forces. Il saisit un arc plus solide que
le premier, y place un nouveau trait
et le décoche avec tant de vigueur,
que Lakchmana, ne pouvant l'éviter,
en est frappé à la poitrine : il y riposte
par un trait de feu, terrible comme
le sceptre de Brahmâ ; mais Atikâya
lui oppose avec adresse une flèche aux
aîles d'or, brillante comme un rayon
du soleil. Les deux traits se rencontrent
dans les airs, semblables à deux serpens
furieux qui déchargeroient l'un sur l'autre leurs langues flamboyantes, et bri-
sés dans ce choc terrible, ils tombent
en éclats sur la terre. Le fils de Soumitrâ, sans laisser à son adversaire le
temps de respirer, l'accable d'une grêle
de traits : mais tous ils s'émoussent sur
la cuirasse de diamant qui protége le
fils de Râvana, et tombent sans nul effet à ses pieds. Pendant que Lakchmana
se consume ainsi en inutiles efforts, le
dieu du vent *Vâyou*, venant au secours
du jeune héros, lui donne ce con-

seil : — « C'est en vain, ô fils de Soumitrâ, que tu chercherois à entamer l'armure de ton adversaire; armure qu'il
a reçu en don du Maître du monde,
et sous laquelle il est invulnérable, si,
pour détruire l'effet d'un pareil charme,
tu n'emploies, de ton côté, la flèche
même de Brahmà. »

— Lakchmana place aussitôt le trait
fatal sur son arc, immense comme celui d'Indra. Le trait part ; le géant lui
oppose en vain toutes les armes qui
sont en son pouvoir. Le dard, plus rapide et aussi brûlant que la foudre,
n'en est point rallenti. Dans son vol
il consume, détruit, brise tous les ob-
stacles qu'il rencontre, et vient frap-
per Atikâya. Sa tête horrible séparée du
tronc, tombe avec fracas sur la terre,
semblable à un quartier de roc détaché
par la foudre, et les Râkchassas [1], té-

---

[1] Peuple de géans ennemis des dieux et des hom-
mes, soumis au sceptre de Râvana.

moins de la mort de leur chef, fuient tout tremblants dans Lankâ, porter à Râvana cette triste nouvelle. »

———

Plusieurs autres grands poèmes, tels que le *Mahâbhârata* où sont décrites les aventures et les guerres des Kourous et des Pandous ; celui intitulé : *Sisou-pâla-badha* [la mort de Sisoupâla], le *Raghou-Vansa*, étincèlent de beautés du premier ordre ; et, quelquefois, des sujets du plus haut intérêt y sont traités épisodiquement. C'est ainsi que le *Bhâgavat-Gîtâ*, dialogue admirable entre Krichna et Arjoun, touchant la Divinité, et l'immortalité de l'âme, et dont on doit une traduction aussi fidèle qu'élégante, à la plume savante du doyen des Indianistes, le célèbre Ch. Wilkins, nommé dernièrement associé étranger à la troisième classe de l'Institut Royal de France, fait partie du *Mahâbhârata*.

Et remarquez aussi, Messieurs, que

ces antiques compositions, comme les plus anciens écrits des Grecs, ont fourni d'abondans matériaux au génie des poètes dramatiques, qui y ont puisé le sujet de la plupart de leurs pièces ; car je ne dois pas vous laisser ignorer que les Indiens, sensibles, comme tous les peuples civilisés, aux brillantes illusions de la scène, possèdent un théâtre aussi riche qu'aucun autre qui soit au monde ; théâtre bien défectueux, sans doute, si vous voulez le juger d'après les règles sévères prescrites par Aristote; mais qui ne le cède peut-être pas au nôtre dans l'expression des sentimens, le charme des situations et la peinture des caractères. Que de grâces, que de naturel, que de suavité dans *Sakontala*, cette charmante pièce que W. Jones a rendue en anglais avec tant d'élégance, et au sujet de laquelle un des plus beaux génies de l'Allemagne a dit : que quand la littérature Sanskrite ne posséderoit que cette seule production, le desir de la lire dans l'original devroit suffire pour enflammer l'esprit, et l'exciter à l'étude de la langue divine dans laquelle elle est écrite.

Mais, grâces à la fécondité des Muses indiennes, nous sommes bien loin d'en être réduits à ce seul chef-d'œuvre ; et, outre les grandes compositions dont nous venons de parler, dans tous les genres de poésies, nous trouvons également chez les Indiens, des ouvrages enchanteurs.

Il existe peu de pièces, par exemple, dans notre littérature européenne, que l'on puisse comparer avec le *Mégha-Doûta* (le Nuage Messager) pour le sentiment et la grace ; et, en fait de poésie érotique, le voluptueux Djaya-Déva, dans son petit poème des amours de Mâdhava et de Radhâ, l'emporte de beaucoup sur tous les poètes élégiaques connus. Jamais les fureurs de l'amour et ses molles langueurs n'ont été peintes avec des couleurs aussi vives et aussi séduisantès qu'elles le sont dans son *Gîtâ-Govinda.* Toutefois, selon les *Pandits* ou Sages Indiens, ce morceau purement mystique n'exprimeroit que les élans de l'âme qui cherche à s'unir à la Divinité ; et, sous ce point de vue, il offriroit un rapport frappant avec la délicieuse allégorie de Psyché et de l'Amour.

Enfin il n'est pas jusqu'au madrigal, à la mordante épigramme, qui n'aient été traités avec succès par les Bardes du Gange ; et il m'est tombé sous les yeux plusieurs petites pièces de ce genre, qui ne peuvent que donner l'idée la plus avantageuse de la grace et de la finesse de leur esprit.

Mais de peur, Messieurs, de m'exposer à la malignité du vôtre, si je prolongeois plus longtemps un discours que déjà vous accusez peut-être de trop de longueur, je crois de mon intérêt de terminer ici cette légère esquisse qu'un pinceau plus habile auroit sans doute tracée d'une manière plus séduisante.

Puisse-t-elle, cependant, toute imparfaite qu'elle est, suffire pour vous donner une idée de la riche galerie qui doit successivement se dévolopper à vos regards; et vous inspirer le désir d'en étudier et d'en sentir les chefs-d'œuvre. La tâche est difficile, j'en conviens: mais elle n'est pas impossible; et déjà, si j'en juge par la noble ardeur que plusieurs d'entre vous m'ont témoignée, je ne doute point que bientôt nous ne réussissions à faire fleurir en France cette belle et importante littérature, et que nos efforts ne soient couronnés du plus heureux succês.

FIN.

www.ingramcontent.com/pod-product-compliance
Lightning Source LLC
Chambersburg PA
CBHW061604180626
46818CB00005B/1948